OSSAIN

o mago curador no jardim da vida

LUIZ RUFINO

Ilustrações de Breno Loeser

Coleção Orixás para Crianças
Direção editorial: Diego de Oxóssi
Coordenação: Kemla Baptista
Projeto gráfico: Breno Loeser

Foto Luiz Rufino por Hélio Rodrigues

Acesse e descubra: www.orixasparacriancas.com.br

Dados Internacionais de Catalogação na Publicação (CIP) de acordo com ISBD

R296o

Rufino, Luiz.
Ossain: o ago curador no jardim da vida / Luiz Rufino; [ilustrações] Breno Loeser; [coordenação] Kemla Bapitsta - 1ª ed. - São Paulo: Arole Cultural, 2023. - (Orixás para crianças; 4)

ISBN 978-65-86174-27-4

1. Literatura infantil. 2. Religiões afro-brasileiras. 3. Candomblé. 4. Umbanda. I. Baptista, Kemla. II. Loeser, Breno. III. Título. IV. Série

2023-639

CDD 028.5
CDU 82-93

Elaborado por Vagner Rodolfo da Silva - CRB-8/9410

Índice para catálogo sistemático:
1. Literatura infantil 028.5
2. Literatura infantil 82-93

PARA THAIS, QUE TECE A BONITEZA DE CONTAR HISTÓRIAS QUE EMBALA O SONO E ALUMBRA OS SONHOS.

PARA TODAS AS CRIANÇAS DE TERREIRO QUE PLANTAM A ESPERANÇA DE SEUS ANCESTRAIS.

PARA OS MISTÉRIOS QUE RESIDEM NAS FOLHAS E MATAS DO BRASIL.

BRENO LOESER

PARA MÃE ANEDILMA,
NOSSA IYÁLOSSAIN

APRESENTAÇÃO PARA A MENINADA

por LUIZ ANTÔNIO SIMAS

Alô, alô, criançada
Sá menina e seu menino
Leiam a história encantada
Que conta Luiz Rufino

Nesse livro tão bonito
Com alegria de festa
Que fala de lindos mitos
Do médico da floresta

Mergulhem no que ensina
Como modo de brincar
O orixá de medicina
Que aprendeu a curar

É Ossain, o curandeiro
Aquele que dá abrigo
Ao povo do terreiro
E que sabe ser amigo

De quem a folha respeita
E busca ter a virtude
De preservar a floresta
Para cuidar da saúde

Por isso, muito me agrada
Com alegria e ternura
Desejar à criançada
Uma ótima leitura

Feito a flor no sereno
E o seixo pequenino
Como os desenhos do Breno
Para o livro do Rufino

Assim deixo meu abraço
Com axé pra todo povo:
Li o livro num compasso
E já quero ler de novo!

TUDO QUE EXISTE POSSUI VIDA.

ATÉ MESMO AQUELAS COISAS
QUE NÃO APARENTAM, PODEM
SER ANIMADAS – É SÓ SABERMOS USAR
AS PALAVRAS E AS MANEIRAS
DE NOS RELACIONARMOS COM ELAS.

OSSAIN
SABIA DISSO!

CONHECIA DE UM TUDO E GUARDAVA
COM ELE SEGREDOS E ENCANTAMENTOS
SOBRE TODAS AS COISAS NAS SUAS MAIS
DIFERENTES FORMAS.

OSSAIN ERA TRABALHADOR DE ORUNMILÁ – O SENHOR DA SABEDORIA – E VIVEU ANOS NA FLORESTA.

LÁ, ADENTROU SUAS PROFUNDEZAS, E DESCOBRIU LUGARES ATÉ ENTÃO NUNCA ALCANÇADOS PELOS SERES HUMANOS.

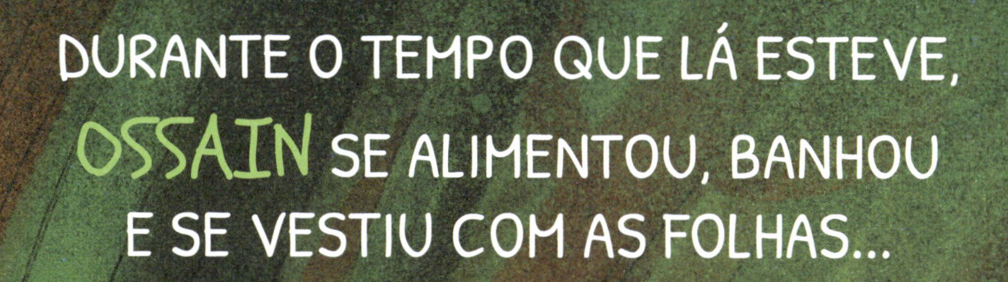

DURANTE O TEMPO QUE LÁ ESTEVE, OSSAIN SE ALIMENTOU, BANHOU E SE VESTIU COM AS FOLHAS...

ATÉ QUE UM DIA VIROU FOLHA TAMBÉM.

COM TAMANHA INTIMIDADE COM
O MUNDO VEGETAL, CONHECEU
ARONI, O SER ENCANTADO
QUE FALAVA A LÍNGUA DAS PLANTAS
E DOMINAVA O USO E O PODER
DE CADA UMA DELAS PARA CRIAR
MAGIAS E REMÉDIOS PARA O CORPO,
A CABEÇA E O ESPÍRITO.

OSSAIN SE TORNOU
O MELHOR AMIGO DE ARONI,
QUE RETRIBUIU PARTILHANDO
OS CONHECIMENTOS DA
FLORESTA MÁGICA.

CERTA VEZ, ORUNMILÁ QUIS FAZER UMA PLANTAÇÃO DE MILHO E PEDIU A OSSAIN QUE ROÇASSE O MATO QUE CRESCIA EM SEU QUINTAL.

NO DESEJO DE VER SEU MILHARAL CRESCER, ORUNMILÁ NÃO REPAROU QUE ALI ONDE ELE ENXERGAVA SOMENTE MATO EXISTIA ALGO A MAIS.

ENTÃO, OSSAIN DIZIA:
ESSA PLANTA EU NÃO POSSO CORTAR,
POIS É A ERVA QUE CURA DORES DE CABEÇA.

MAIS À FRENTE, OSSAIN EXCLAMOU:
AQUI EU TAMBÉM NÃO POSSO ROÇAR,
POIS ESSAS SÃO AS FOLHAS QUE ACALMAM.

CAMINHOU COM SUA ENXADA PARA
OUTRO CANTO, PAROU E DISE:
OLHA, AQUI TAMBÉM NÃO DÁ,
ESSA É A PLANTA QUE CURA TRISTEZA.

E SEGUIU LENDO O MATO COMO
UMA BIBLIOTECA DE PLANTAS.

A CADA UMA DELAS, OSSAIN HONRAVA E RECONHECIA SEUS PODERES, DIZENDO:

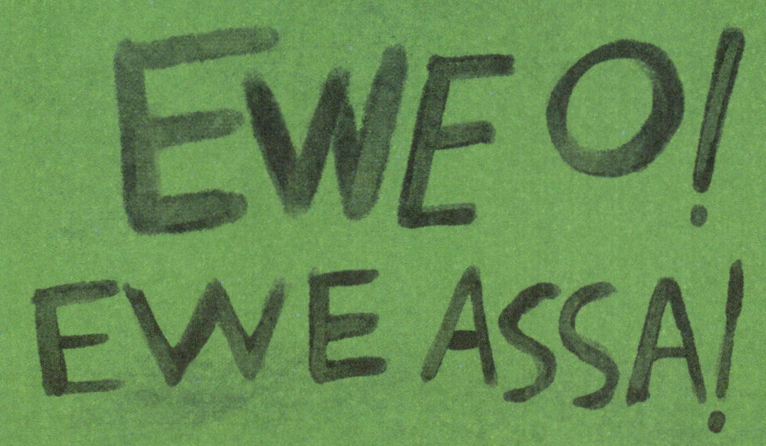

QUE SIGNIFICA

SALVE AS FOLHAS!
SALVE AS FOLHAS QUE CURAM!

E É ASSIM QUE SAUDAMOS OSSAIN ATÉ HOJE.

ORUNMILÁ ERA UM BABALAÔ,
NOME QUE OS AFRICANOS E SEUS
DESCENDENTES DÃO AOS SÁBIOS
QUE ATRAVÉS DO ORÁCULO DE IFÁ
(UMA ESPÉCIE DE COMPUTADOR CÓSMICO ANCESTRAL)
ACESSAM A INTELIGÊNCIA DOS TEMPOS,
OS TESTEMUNHOS DA CRIAÇÃO
E AS PALAVRAS DE OLODUMARE,
A FONTE DE TODA A VIDA.

AO OUVIR OS ENSINAMENTOS DE OSSAIN, ORUNMILÁ PERCEBEU QUE AS PLANTAS CURAVAM.

PORÉM, TAMBÉM PERCEBEU QUE ESSA CURA DEPENDIA DO USO CORRETO E DA DOSAGEM EXATA QUE SOMENTE QUEM É CONHECEDOR DO PODER DAS PLANTAS SABE E...

OSSAIN
SABIA TODOS ESSES SEGREDOS!

SENDO CONSTANTEMENTE
PROCURADO POR PESSOAS
QUE BUSCAVAM ATENDIMENTO
E AUXÍLIO NA ORIENTAÇÃO
DAS MAIS DIFERENTES DORES,
AGONIAS, DÚVIDAS E PERGUNTAS
POSSÍVEIS, ORUNMILÁ
QUIS APRENDER E TER
A AJUDA DO CONHECEDOR
DAS PLANTAS.

AFINAL, TRABALHAR COM OSSAIN SERIA MAIS VANTAJOSO, POIS ELE FARIA OS DIAGNÓSTICOS E TERIA O AUXÍLIO DO SENHOR DAS FOLHAS PARA RECEITAR OS REMÉDIOS.

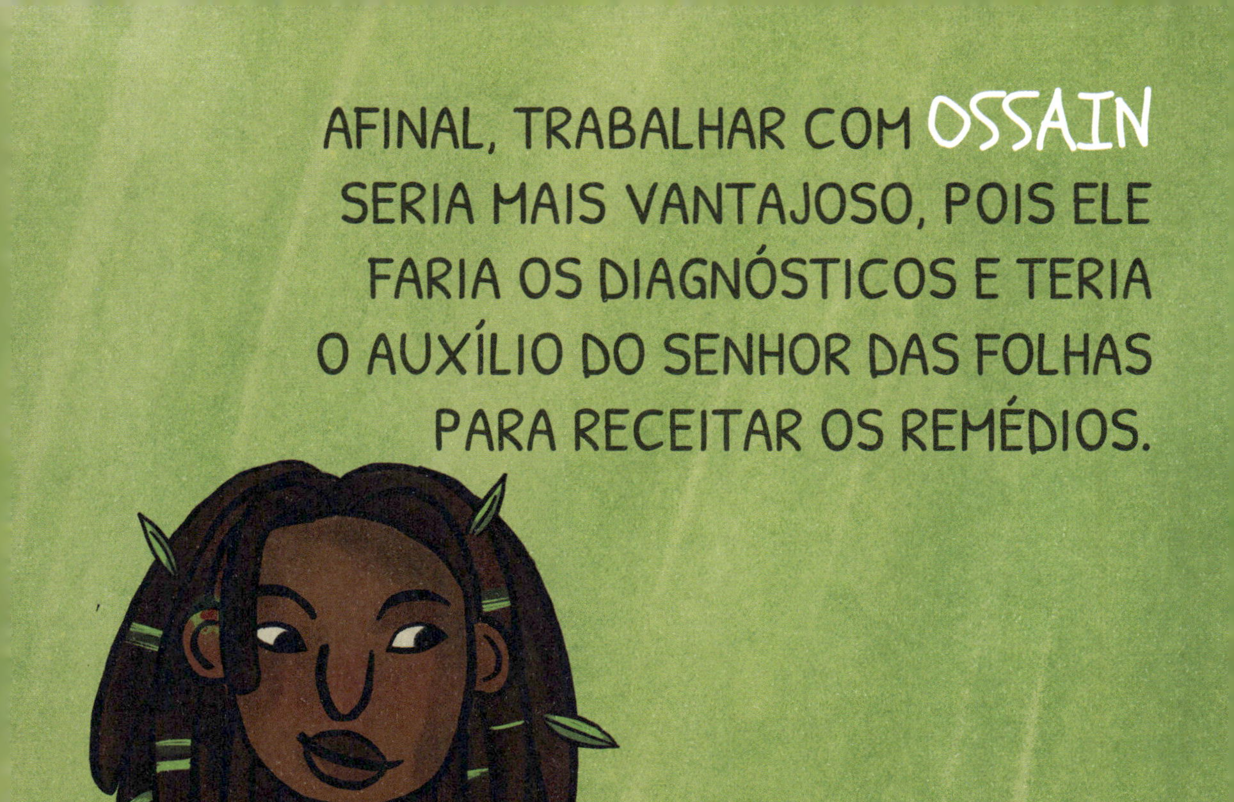

OSSAIN ACEITOU
O CONVITE DE ORUNMILÁ...

E FOI TRABALHANDO JUNTOS QUE
O SENHOR DAS FOLHAS GANHOU A FAMA
DE SER O GRANDE BOTÂNICO, QUÍMICO,
FARMACÊUTICO E MÉDICO QUE É.

DESDE ENTÃO E ATÉ OS DIAS ATUAIS,
OSSAIN PASSOU A SER CONHECIDO
COMO ONISEGUN:

O MAGO CURADOR DOS
ORIXÁS E ANCESTRAIS.

AS FOLHAS GUARDAM MEMÓRIAS,
AFETOS, ACONCHEGO
E MUITA INTELIGÊNCIA.

ELAS SÃO BOAS PARA CHÁS,
SUCOS, SALADAS, BANHOS,
PARA BOTAR DENTRO
DO TRAVESSEIRO,
DENTRO DO LIVRO,
PARA BRINCAR,
FAZER AMIZADE E
CONTEMPLAR AS MIUDEZAS.

SABE AQUELE CHÁ QUE A VOVÓ FAZ?
O CHEIRO BOM DA BALA DE HORTELÃ, A PITANGA
COMIDA NO PÉ, AS BRINCADEIRAS COM
FORMIGAS, TERRAS E FOLHAS?

ENTÃO, ALI TAMBÉM ESTÁ OSSAIN, COMPARTILHANDO O ENCANTAMENTO DE PODERMOS SER TAMBÉM QUINTAIS, FOLHAS E FLORESTA.

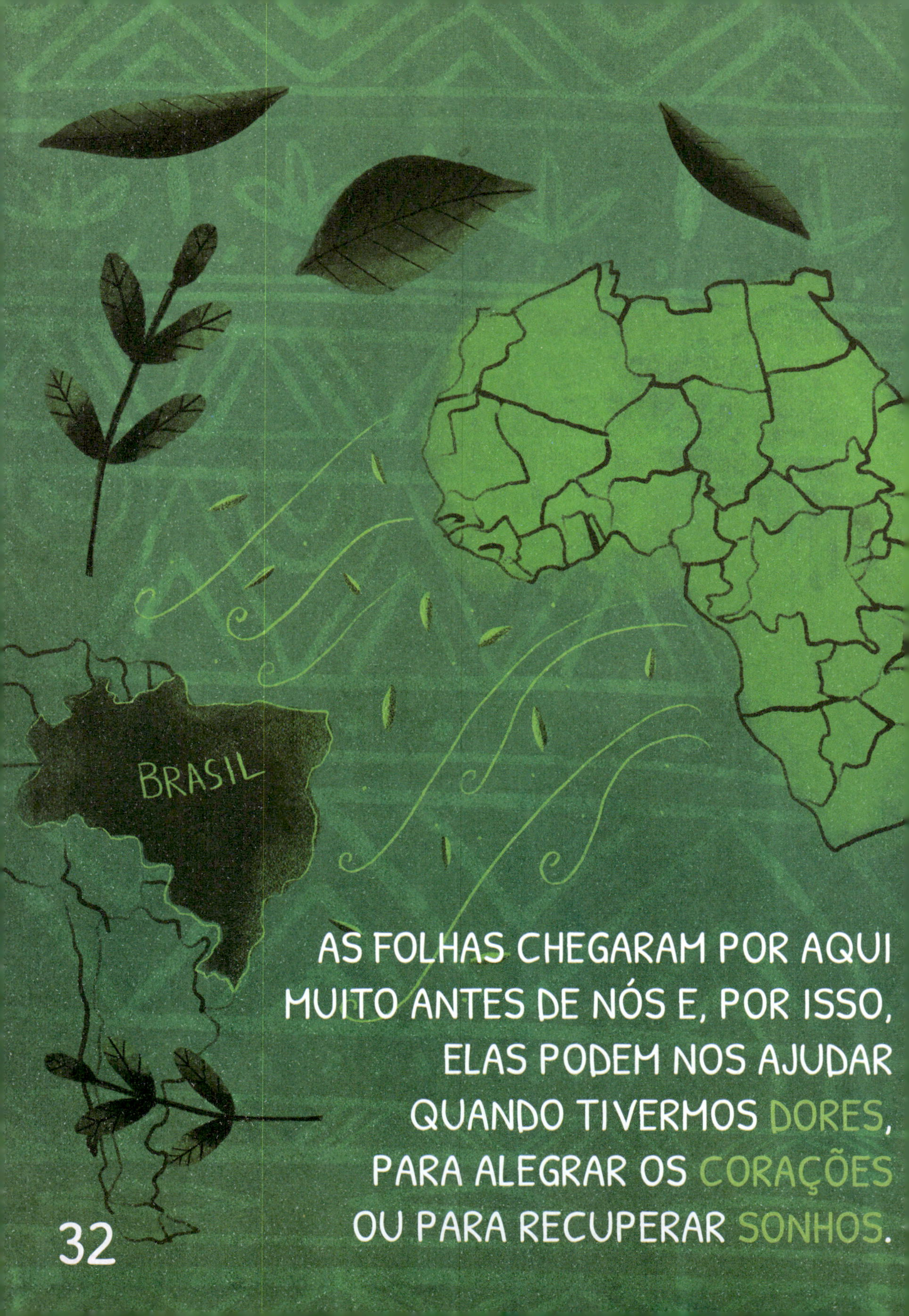

AS FOLHAS CHEGARAM POR AQUI
MUITO ANTES DE NÓS E, POR ISSO,
ELAS PODEM NOS AJUDAR
QUANDO TIVERMOS DORES,
PARA ALEGRAR OS CORAÇÕES
OU PARA RECUPERAR SONHOS.

EXISTE UMA CANTIGA QUE
ATRAVESSOU O OCEANO E QUE
É ENTOADA ATÉ OS DIAS DE HOJE
NO BRASIL PARA CELEBRAR OSSAIN.

ELA NOS DIZ:

ABÊEDÊ EUÊ
A ABÊEDÊ UMBÓ,
Ê A BÊEDÊ

OU SEJA:
NÓS ENTENDEMOS AS FOLHAS,
NÓS ENTENDEMOS E
CELEBRAMOS!

COM ESSA CANTIGA, OSSAIN NOS ENSINA A TER INTIMIDADE COM AS FOLHAS, OUVI-LAS DE MANEIRA SENSÍVEL PARA ENTENDER COMO PODEMOS CULTIVAR O MUNDO COMO NOSSO QUINTAL, FLORESTA E JARDIM.

AO APRENDER AS PALAVRAS CERTAS PARA CANTAR, CULTIVAR E ENCANTAR CADA UMA DELAS, APRENDEREMOS TAMBÉM QUE SOMOS PARTE DE UM MUNDO EM QUE TUDO TEM VIDA.

UM AMBIENTE RICO,
EM QUE A DIVERSIDADE DE FORMAS
E SABERES REINE!

VAMOS CONTINUAR ESSA HISTÓRIA?

ACESSE O SITE AROLECULTURAL.COM.BR/OSSAIN OU USE O LEITOR DE QR CODE DO SEU CELULAR E ACOMPANHE AS ANDANÇAS DO MAGO DAS ERVAS NA COLEÇÃO ORIXÁS PARA CRIANÇAS!

LUIZ RUFINO

é carioca, filho de pai e mãe cearenses, neto de vaqueiros e lavradores. Criado no subúrbio do Rio de Janeiro carrega os quintais, terreiros, feiras, esquinas e rodas como inspiração. Devoto das matas e das águas, acredita que elas guardam o segredo da vida. É pedagogo, professor da FEBF-UERJ, que aprende mais do que ensina e gosta mesmo é de uma boa prosa.

é ilustrador, artista, designer
e mestre em Ciências da Religião
pela UFS – Univesidade Federal
de Sergipe. Atua em uma fintech,
além de freelancer na área
de branding, editorial e arte.
Também coordena sua
loja virtual, a brenoloeser.com,
com peças assinadas
e reproduções em fine art.
É filho de Logunedé e amante
das coisas boas da vida.

direção editorial
DIEGO DE OXÓSSI

coordenação
KEMLA BAPTISTA
DIEGO DE OXÓSSI

texto
LUIZ RUFINO

capa, projeto gráfico e diagramação
BRENO LOESER

ESTE LIVRO FOI PUBLICADO EM SUA PRIMEIRA EDIÇÃO EM ABRIL DE 2023,
CELEBRANDO O DIA MUNDIAL DA SAÚDE, O DIA NACIONAL DO LIVRO INFANTIL
TODAS AS CRIANÇAS QUE RECONHECEM EM SI UMA PARTE DA MAGIA DA NATUREZA.